Tucholsky Wagner Zola Scott Sydow Freud Schlegel
Turgenev Fonatne
Wallace
Twain Walther von der Vogelweide Fouqué Friedrich II. von Preußen
Weber Freiligrath
Kant Ernst Frey
Fechner Weiße Rose von Fallersleben Richthofen Frommel
Fichte
Hölderlin
Engels Fielding Eichendorff Tacitus Dumas
Fehrs Faber Flaubert
Eliasberg Ebner Eschenbach
Maximilian I. von Habsburg Fock Eliot Zweig
Feuerbach Ewald Vergil
Goethe London
Mendelssohn Balzac Shakespeare Elisabeth von Österreich
Lichtenberg Rathenau Dostojewski Ganghofer
Trackl Stevenson Doyle Gjellerup
Mommsen Tolstoi Lenz Hambruch
Thoma Hanrieder Droste-Hülshoff
Dach Verne von Arnim Hägele
Reuter Hauff Humboldt
Karrillon Rousseau Hagen Hauptmann Gautier
Garschin
Defoe Baudelaire
Damaschke Hebbel
Descartes
Hegel Kussmaul Herder
Wolfram von Eschenbach Dickens Schopenhauer
Darwin Rilke George
Bronner Melville Grimm Jerome
Campe Horváth Aristoteles Bebel Proust
Bismarck Vigny Barlach Voltaire Federer Herodot
Gengenbach Heine
Storm Casanova Tersteegen Grillparzer Georgy
Chamberlain Lessing Langbein Gilm Gryphius
Brentano
Strachwitz Claudius Schiller Lafontaine
Katharina II. von Rußland Schilling Kralik Iffland Sokrates
Bellamy
Gerstäcker Raabe Gibbon Tschechow
Löns Hesse Hoffmann Gogol Wilde Vulpius
Luther Heym Hofmannsthal Gleim
Roth Klee Hölty Morgenstern Goedicke
Heyse Klopstock Kleist
Luxemburg Puschkin Homer Mörike
La Roche Horaz Musil
Machiavelli
Navarra Aurel Musset Kierkegaard Kraft Kraus
Nestroy Marie de France Lamprecht Kind Kirchhoff Hugo Moltke
Laotse Ipsen Liebknecht
Nietzsche Nansen Ringelnatz
Marx Lassalle Gorki Klett
von Ossietzky Leibniz
May Lawrence Irving
vom Stein
Petalozzi Knigge
Platon Pückler Michelangelo Kock Kafka
Sachs Poe Liebermann
de Sade Praetorius Mistral Zetkin Korolenko

As noch de Trankrüsel brenn'

Ludwig Frahm

Impressum

Autor: Ludwig Frahm
Umschlagkonzept: toepferschumann, Berlin

Verlag: tradition GmbH, Hamburg
ISBN: 978-3-8424-6840-5
Printed in Germany

Text der Originalausgabe

Kumm rin – kiek rut

Dat sünd Spaßgeschichten

sammelt un vertellt von

Ludwig Frahm

1927
In Verlag bi Köhler & Krüger in Hamborg

Inhalt

Ik hev mi dat so dacht:

Spaßgeschichten lat sik ja ok nah sware Arbeit achtern Knick, wenn de Roggen in Hocken steiht, oder achtern Torfklot, wenn de Peer sik erstmal verpusten möt, vertelln. Awer ehr eegentliche Heimat hebbt se doch in de warme Döns in de Wintertied, wenn de Snee all' de Arbeit un de Sorgen todeckt hett.

»Dorüm kumm man rin, denn kannst rutkieken!«

Rutkieken in Tofredenheit up all' de Lebenswintersorgen, de glücklich dahn sünd, rutkieken up de dwatschen Minschen, de dar noch buten, to lat, rümschüchtert oder den Hals nich vull kriegen künnt.

Rinkieken in veel schöne Erinnerungen, de dat Leben doch ok uns bröcht hett, – rinkieken in de Harten von vergnögte Minschen, de wi kenn' lehrt un leev gewunnen hebbt. Wenn ehr lachen Gesichter wedder upstiegt oder wi ehr Stimmen wedder to hören meent, fallt uns de ole Vers wedder in: Es haben viel' fröhliche Menschen lang vor uns gelebt und gelacht.

Jasper Dabelsteen un Harm Piependiek, Jürn Dittmann un Thieß Drümmer, Großmudder Tiemannsch nich to vergeeten! – wat kunnen se vertellen un snacken, den ganzen Abend hento, un wi keemen ut dat Lachen gornich rut. Un darbi harrn wi keen Zeitung vör de Ogen un keen Radio üm de Ohren. Eenige von ehr Geschichten hev ik upschreben, eenige hev ik erst in de letzten Jahren upsammelt, denn glövt man nich, dat de Nieschierigkeitsdüwel den »gollen Humor«, de Gott sie Dank! noch ümmer un öwerall in uns' leewes Volk levt, upfreeten hett. De Happen sünd em to swar. Wi vertellt nu nich mehr so langtögsch as in de Trankrüseltied, awer so'n richtige Spaßgeschicht is noch hüt echt as Gold, sitt vull Humor, is nich lüstern up kettelige Saken un will keenen Minschen, keen Öller un keenen Stand wehdohn, un wenn mal öwer Unverstand, Tuntigkeit, öwer dumm, dwatsch un dösig lacht ward, na, wat schad't dat? Darför is't ja Spaß, un »Spaß mutt sien!«

Ludwig Frahm.

De Steeweln.

As de ersten Pahls mit den dicken Pickdraht an noch nich lang upstellt weern un ok de unglövschen Minschen sik an de Telegraphie gewöhnt harrn, keem Moder Krusch – se weer da all Weetfru – up en kloken Infall. Se wull ehrn Söhn Peter, de bi de Ratzbörger Jägers stünn', en Paar nie Steeweln henschicken, awer se wull den Tele-Grafen, de ehr wat utlacht harr, as se wat affdingen wull, üm dat Geld bedregen.

Se güng' an en eensame Städ, klatter up en ole Führendann' so wied in de Höch', dat se mit en lange Garffork darhen langen kunn un hüng' de Steeweln, wo se Peter sin Adreß anbunn' harr, öwer den Draht. Wat hög se sik, dat keen Minsch ehr dorbi to sehn kregen harr, un noch mehr, as den annern Morgen de Steeweln weg weern un en Paar ole darvör öwer den Draht hüng'. De Tran' leem'n ehr in de Ogen, mit dat een lach se vör Freid, as se de olen Buzen mit den apen Rachen seeg un Schohster Lehmbek sin glattes Meisterwark darmit vergliek: »Up so'ne Buzen harr nu min Peter bi de Ratzbörger Jägers rümlopen müßt, awer wat he sik nu woll högt.«

Awer högt hedd sik de Buddjer, de up so unverhoffte Art to dröge Strümp keem.

(Ut ganz Holsteen.)

De Taschenuhr.

Krischan, en ole Grotknecht in uns' Dörp, harr sik mennig Jahr mit en Sünnenring lankholpen. As he nu mal wedder sin' Martini-Lohn kreegen harr un mit en Föder Korn to Stadt weer, köff he sik bi en Juden en Taschenuhr, üm sik nich länger von de annern Jungkerls öwer de Schuller ankieken to laten.

Se weer em awer doch to schad', ehr jeden Dag bi de Arbeit to drägen, un so läd he ehr ünnen in sin eeken Lad, dat se em nich stahlen würr.

As he ehr nu mal an en Sünndag herkreeg, wull se ganz un garnich mehr gahn. He bröch ehr also bi de nögste Gelegenheit wedder nah den Juden, un verlang' en annere Uhr, de güng', oder sin Geld torügg. Da frög de Jud em: »Je, nu sag mer blos, wo bist du denn gewesen mit de Uhr?«

»Narms bün ik dar mit west, de hett ümmer schonsam ünner min Tüg in de Lad leegen.«

»Je, siehste, Mensch, dat kann de beste Uhr nich verdragen, da haste se lassen ersticken.«

(Ut Veerlann'.)

De Schohsterjung wull tügen.

En Buerfru weer harvstdags mit geele Wötteln, riepe Beeren un allerhand Grönwaar to Stadt föhrt un seet dar up't Markt. Se harr ok twee junge Hasen grot trocken un wull de an'n Mann bringen.

Da kümmt en von de Senaters anspazeert, en groten Jagdhund achter sik; denn he weer ok en groten Jäger. As de Köter de Hasen seeg, füll' he öwer ehr her un terret ehr in'n Ogenblick. De Fru wull nu ehr Hasen betahlt hebben; awer de Senater wull den Büdel nich trecken. Nu geev dat en groten Larm; denn de annern Hannelslüd weern ok nich blöd un stünn' de Fru mit heftige Wörd bi.

Mank de Tohörers weer ok en Schohsterjung. De dach sik darbi en paar Schilling to verdeenen, mök sik an den Senator ran un versprök em, to tügen, dat sin Hund keen Schuld harr.

Dat weer denn en Snack up den Senator sin Möhl. He lang' in de Tasch un gev den Slüngel en Achtschillingstück in de Hand.

Damals würrn so'n lütte Strietsaken gliek up't Gericht slicht, un de Schohsterjung würr nu fragt, wat he denn von de Sak wüß. De harr aber noch keen tein Wörd seggt, da mök de Gerichtsherr en Gesicht as'n upstiegen Gewitter un schreeg:

»Wenn du verdammte Jung nich makst, dat du ut'n Ding' kümmst, denn lat ik di sievuntwintig achterup tell'n!«

De Senator müß' nu de Hasen un de Gerichtskosten betahlen. – Wieso dat keem?

De Schohsterjung harr seggt:

»Ick hev dat sehn, dat de Hasen den Köter toerst beten hebbt!«

(Ratzborg un Mölln.)

15

Brunkoken.

Wenn mi een fragt, in welke Tied ik geborn un grot worrn bün, so segg ik jümmers: In de Brunkokentied! – Denn ik müß leegen, wenn ik wat anners säd.

Wenn dree Fruenslüd bi'n Kaffee tosam seeten, dar harrn se en hüpen Töller vull Brunkoken vör sik. De Stutenfruens güng'n mit grote Kiepen vull von Hus to Hus, bet se lerrig werrn. Sünndagsnahmiddags würrn in'n Dörpskrog veele Dutzend utspeelt, in't Kortenspill un bi't Kegeln. Keen Kinddöp, keen Geburtsdag, keen Hochtied, keen Gräff kunn an disse angenehme Lebenstogav vörbi. Besonners to Wiehnachten speeln se en grote Rull.

Na, ik wull awer nich alleen von Brunkoken vertelln, sünnern von den olen Kuhlngräwer Friech Knickrehm un sin Swager Jürn Schurbom ut uns' Karkdörp. Dat weern beid so'n Paar Annerthalvminschen, de nich satt to kriegen weern. Ok in't Drinken geben se nümms wat nah. As se mal en paar Dag' vör Wiehnachten, wo mehr Minschen starvt as sünst, twee Kuhln makt harrn, güng'n se hin nah den Bäcker Lütens, de ok en Krog harr, üm sik en paar Köms up de Lamp to geeten. As se bi den Bäcker in de Dör kamt, rükt dat ganze Hus nah Brunkoken »Junge, Junge, ik wull, dat ik mi mal lingelank satt Brunkoken eten kunn; awer unsereens kann sik dat nich teemen; den Preester sin Karkswaren betahlt to flecht.« Jürn stünn' sin' Swager ümmer tru bi un meen ok: »Dar weer ik ok gern mit bi.« »O, dat is nich so slimm,« säd de Bäcker, »wenn Ji för twee Daler Brunkoken upeten doht un keen' Happen nahlat, denn schall Ju dat nicks kosten.«

»Verdori, is dat din Ernst?«

»Gewiß, wat Bäcker Lütens toseggt, dat hölt he ok.«

»Na, denn man to, awer en Buddel Köm mußt ok togeben, dat wi aff un an mal nahspöln künnt.«

»Dat versteiht sik, nahspöln möt Ji ok mal.« Dat Spillwark geiht nu los. De Bäcker leet twee Körf up'n Disch setten. In jeden Korf leegen tachentig lütte Brunkoken. Se füng'n tapfer darbi an.

»Muß langsam eten«, swiester Friech sin' Swager to, »denn kannst veel mehr laten.« As se dat viertel Deel hendaleten harrn, hölln se erst mal Pust un nehmen en fixen Sluck ut den Buddel.

De Bäcker säd »Prost!« un reev sik all de Hänn', he weer sik heel seker, dat he de Wett gewünn'.

De Beiden awer stoppen ümmer lustig wieder un keemen god öwer den Barg.

As jeder föftig an de Sied sett harr, stünn' all allerhand Minschen bi de Eters rüm un seegen sik den Bedriev an.

Bi sößtig nöhmen se wedder en fixen Hiebs. Awer Jürn würr all bannig hoch kauen un füng' an to günsen un to stöhnen.

»Güns' doch nich so«, säd sin Swager, »stah mal up, denn sackt dat beter dal.«

Bi söbentig awer säd Jürn, dat he nich mehr kunn; em weer to Mod, dat he nich leben un starben kunn. He weer mit een Wort bet an't Halslock vull.

Dree snack sin Swager em doch noch rin; da awer sack he up'n Stohl dal un bleev as en Sack sitten.

»Dat makt denn ok nix«, meen Friech, »den lütten Rest von söben Stück kann ik woll noch mit up min Part öwernehmen.«

»Dat gellt nich!« gröl de Bäcker, »dat is Bedreegeri, un Ji hebbt verspeelt.«

Friech awer leet sik nich irrig maken. Dar weer nicks von utmokt; wenn se man de Koken bedwüng'n, denn weern se de Gewinner.

De annern Lüd gewen em Recht un günn' den Bäcker, dat he mal mit sin kloke Näs' an't Fett keem.

Friech stopp de letzten Koken weg un drünk den letzten Sluck darto, stünn' up un säd to sinen Swager: »Stah up, Jürn, wi möt nu to Hus un Middag eten!«

Dat Wort is as Sprickwort lebennig bleewen bet up den hütigen Dag.

(Ut Bartheidel.)

Tein Daler.

As wi noch wieder nicks harrn as Sülwergeld, schick de ole Buervagt Jörns sin' olen Daglöhner Daniel mit en groten Büdel vull preusche Daler nach den Amtmann in Pinn'barg:

»Segg em man, du bröchst dat Herrengeld von uns' Dörp.«

Daniel müß sik up den langen Weg höllisch mit den Büdel afftasen un arger sik, dat he dat för sin gewöhnliches Daglohn un en paar Tehrschillings dohn müß. Toletzt tell' he sik dicht vör Pinn'barg tein Daler ut den Büdel rut un nah sin eegen Tasch rin.

As de Amtmann dat Geld tellen laten harr, säd he Daniel dat batz för'n Kopp, he schull de tein Daler, de daran fehlen un de he dar in de linke Büxentasch harr, man flink wedder hergeben, sünst leet he em in »Johann Mus sin Fack« steken.

Na, denn müß he ja wedder affhaaren. He vertell' dat to Hus an sin' Döschkollegen un de säd: »Wat büst du dumm west; du hest dat Geld baben affnahmen; du harrst dat von ünnen rutnehmen müßt, denn harr de Amtmann dat nich markt.«

As he dat anner Jahr wedder mit dat Geld henbücks, nehm he also slankweg de tein Daler von ünnen rut.

He luer all örndtlich, dat he den Amtmann ditmal begriesmulen däd, den olen Voß. Awer ditmal, buck de Amtmann ut de Dör un röp: »Sparrn Se dissen Mann mal bi Water un Brod in; dat tweete Mal wüllt wi em dat doch nich schenken.«

Dar seet he denn eenen Dag achter de swedschen Gardinen un wunner sik, wie de Amtmann dar gliek achter kamen weer.

(Pinn'barg.)

De Immen.

As dat Land höger in'n Kurs steeg, keemen mal en swatte un en witte Jud nah en Buern, de ganz buten't Dörp up sin Hoffstäd wahn. De Swatte füng' an: »Mer ham gehert, dat Se willn verkofen Ehr Haus un Hof.« De Buer weer en ganzen Griesen un meen: »Ja, wenn ik em god betahlt krieg.« »Dat kriegst du«, seggt de Witte, »uns is dat ernst, un keen Minsch givt di mehr as wi.« Nu geiht dat Hanneln los un nah en halwe Stunn' ward se sik eenig: De Buer schall twintigdusend Mark un för jedes Tier, wat sin eegen is, noch en Mark extra hebben. De Swatte un de Witte plinkt sik bannig mit de Ogen an, binah as Brut un Brögamm. De Buer deiht, as wenn he nicks markt un wiest nu sin Vehwark: »Dree Peer, twee Fahlns, veeruntwintig Köh, dree Tobullers, fief Kalwer, acht Swien, föftein Farken, achtunsöbentig Schap« – denn he harr noch allerhand Haidland.

»Je«, seggt de Buer, »dat Fedderveh hört dar awer ok noch to!« – »Hört dar all mit to!« seggt de Witte und giwt den Swatten ut Spaß öwer den Buern sin Ehrlichkeit Een' in de Rippen.

»Heert da all mit ßu«, seggt de Swatte, »ßähl man immer weiter!« –

»Twintig Aanten, veerunveertig Höhner mit den Hahn, eenundörtig Gös'.« Da steiht de Buer still un kiekt nah'n Gewel rup: »Nu weet ik blos nich, hört mi de beiden Adbars mit ehr dree Jungen ok oder nich?«

»Ja, ßähl sie man in Gottes Namen mit«, seggt grotmödig de Swatte, »denn sein's grade 238, awer damit Se nich kommen ßu kurz, machen wir 250 voll.« De Jud wull sin Taschenbok grad toklappen, da seggt de Buer:

»Nä, wi sünd noch nich to Enn', kamt hier man noch mal mit in'n Goarn.«

Darmit bögt he in de Port rin, makt achter de Sirenenbüscher en lütte Dör von en teemlich grotes Schuer apen, wo öwer tachentig Immenrümp stünn'. Dat weer en warmen Dag, un de Luft swarm so vull Immen, as wenn man in de Regendruppen von en Gewitterslag kiekt. »Dit sünd ok noch min Tiern, fangt Se man all an to tellen, dat kümmt up en Handvull garnich an. Ik will man erst min Pannkoken eten un en beten to Middag slapen, un wenn ik denn Kaffee drunken hev, denn kam ik wedder un help mit telln.« As he in de Blangdör ringüng', keek he sik noch mal üm un seeg, dat de Swatte ümmer mit den Stock up de Eer störr un de Witte grimmig mit de Hand in de Luft fuchtel.

Se wulln den Buern noch en Affkaten up de Dör schicken; awer se kunn' man keen' finn.

(Bi Zarpen rüm.)

An'n Affgrund.

Min Fründ hett mi dat sülben vertellt, wie em dat leeg gahn hett, – un dorüm will ik em ok nich mit Namen künnig maken. Se harrn bet lang' nah Klock tein kegelt, sik nahsten an den groten, runden Disch sett un ümmer noch een' »tom Affgewöhnen« drunken.

Endlich awer stüern se doch to Hus. En arigen Stremel geiht de dicke Slachter mit min' Fründ lank.

»Kannst nu alleen din Husdör finn'?«

»O wat wull ik nich, de drütte Strat rechts aff un denn dat veerte Hus up de linker Siet.«

He kümmt ok glücklich üm de Eck un finnt ok dat veerte Hus; awer as he de dree Stufen vör de Husdör rupklaspert, ward he ganz biesterig to Sinn. Is dat sin Hus oder nich?

He will von den Tritt rünner un denn mal an't Finster kloppen; denn sinen Husslötel mutt he woll in't Weertshus in't Ecksofa liggen laten hebben. He föhlt mit den Handstock nah rechts, – wat's dat? – keen' Erdboden to finn'! Nicks as deepen Affgrund. Links? – ok nicks! – achter sik nah de Strat to? – wedder nicks. So kümmt he sik denn as en strandten Schipper vör, de up en lüttes Felsenriff sitt. Toletz ward he möd, hukt sik dal un slöppt in. As he upwakt, sitt he richtig up sinen Husdörentritt, un mit den Tritt is't rundüm in Ordnung. Awer de Handstock, de harr Schuld, de weer eben ünner dat Griff affbraken un harr em de Affgrünn' up alle dree Sieden besorgt. Aas de!

(Ut den Krink üm Hamborg.)

Dat Deefspulwer.

In min Kinderjahrn wahn bi uns eben buten't Dörp up'n Lünken-barg en Buer, de heet – o Minsch, dat weet ik je garnich – denn he würr nich anners as de Lünkenbuer nömt. He weer en kloken Kerl un ok flietig un sparsam, kunn awer liekers nich up'n grönen Twieg kamen, denn wenn dat Land nich gehörig mit dat Stück ut dat Vaderunser – de Kraft – bedacht würr, drög dat to de Hauptsak Hunnhaar, Bucksbart un Sührken.

Liekers harr he sik malins en lütten Hümpel Dalers tosamspart. Jedesmal, wenn he en paar Preißen öwer harr, mök he den Deckel von sin rode Lad apen und smeet se in de Bilad. He wüß awer lie-kers ganz genau de Tall.

As he nu eenes Sünndagsmorgens sinen Schatz von den rechten Dumen in de linke holle Hand glieden lett, fehlen em fief Daler. He jag ehr nochmal dörch de Hann', – nee, fief to wenig.

He störrt rut nah sin Fru, de ehr Klukhähn ut de Arfen dreev.

»Nee, ik hev keen Geld brukt un de Lad de ganze Week nich an-rögt!«

He grüwel un simeleer, wokeen in't Hus in- und utgahn weer, awer an nümms bleev sin Verdacht hacken.

Dat kunn keener dahn hebben, as een von de beiden Knechen.

He sünn' lang' hin un her. De Pistol up de Bost setten, dat güng' nich, denn streeden se den Deefstall rundweg aff; en List müß he anwenn'.

Toletzt harr he en dägten Infall, un he smustergrien darbi vör sik hin.

As se nu middags all' üm den groten Eekendisch seeten, stünn' en grote Kumm mit frische Fleeschsupp in de Mitt, un de Husfru füll' jeden en groten Töller vull. De Klüten leewen un lachen man so, un de Fettogen lachen un leewen.

»Holt!« seggt de Buer, »erst kam ik,« kriggt en lütte spitze Tüt ut de Dischschuv un streut up jeden Töller en fienes wittes Pulwer, »ik will nu endlich weeten, ob een von ju mi dat Geld stahlen hett. Wer unschüllig is, kann ruhig anfangen to eeten; awer wer dat dahn hett, de itt sik dod!«

He fangt an to eeten, un de annern ok. Blot de Lüttknecht kiekt benaut sin Supp an.

»Na, Hinnerk, maggst du nich?«

»Och, ik will man gestahn, dat ik dat dahn hev.«

»So, du hest dat dahn? Hest dat Geld denn noch?«

»Ja, hier – hier sünd de fiev Daler; ik will dat ok nie un nümmer wedderdohn!«

»Na, denn itt di nu man satt. Dat Pulwer schad't di nich. Dat is *Weetenmehl*. Awer so veel segg ik di, un dat mark di: Du büst tom Stehlen to dumm!«

(Ut de Gegend bi'n Schübarg rüm.)

De bösen Tiern.

In . . . dörp hebbt de Lüd dat utgereckte Jahr so veel to dohn, dat se man alle Pingsten tom Reinmaken von de Döns (Wohnstube) kamt. As se nu eenmal in en Kat wedder Swartsuer eet, fallt twee von de groten Bokweetenklüten von den Disch un trünnelt achter den Kuffer. Dar liggt se nu drög und god, öwertreckt sik awer doch mit de Tied mit en dicken Ruhriep (Rauhreif, beim Volk auch für Schimmel angewandt), un as de Fru nu Pingsten den Kuffer von sin Städ rullt, da süht se de beiden Dinger liggn un verfehrt sik bannig; denn se meent, dat sünd en paar böse Tiern. Awer se schient noch to slapen, un se röppt flink ehrn Kerl, un de mutt ehr nu lies mit en Schüffel up de Schuvkar laden un nah de Mergelkuhl up de Hus- koppel föhrn. Ehrer he ehr awer dar rin trünnelt, sleiht he ehr mit de Schüffel breet un dod. Dar liggt se nu un künnt keen Untüg tü- chen.

(Bi de Hahnhaid rüm.)

De Olen.

As wi noch ünner de dänsch Regierung weern, würr in't Kaspel Kolnkarken mal en nien Kaspelvagt insett. He leet sik denn nu jeden Dag sin' Brunen sadeln un reed öwer Land, üm sin Kaspel erstmal gehörig kenn' to lehrn.

So keem he denn ok in den Kisdörperwohld, wo de Hüser un Höv man ganz vereenzelt liggt. Dat weer in'n Sommer un sin Peerd würr bannig von de blinn' Fleegen plagt. So reed he denn nah en Hoffstäd rup, üm dat Peerd mal Verlüchterung to günn'.

Da seet dar en olen Mann twüschen söbentig un tachentig Jahr vör de Dör up en ümstülpten Börnammer un ween sin snapperlangen Tran'. Dat süht man sünst selten, denn de olen Lüd sünd gegen all' dat Hack un Mack in düssen Leben all bannig affstumpt.

So is denn de Kaspelvagt nieschierig worrn un fragt den Olen, worüm he denn so bedrövt is. »Ja«, seggt he, »min Vadder hett mi slagen.« Dat will de Kaspelvagt denn garnich to Kopp. Awer as he dar up de grote Deel wat gnurren un brummen hört, buckt he öwer de Grotdör un süht dar en noch öllern Mann mit de Hann' slahn. He fragt em denn nu, worüm he so gnaddig is. »Je,« seggt de, »de Jung dar buten vör de Dör hedd den Olen in de Döns, de all en beten von de Föt is, fallen laten un da hev ik em en paar in't Gnick geben.«

Nu steiht den Kaspelvagt binah de Verstand still. He geiht in grote Verwunnerung de Deel tohöch, klinkt de Stubendör apen, un richtig: Dar achtern Aben in de Eck sitt en steenolen Mann, den he up hunnertundörtig Jahr taxeern mutt, un smökt ut en lange Piep.

»Goden Dag«, seggt de steenole Mann. – da wünscht de Kaspelvagt Grotvader, Vader un Söhn gode Gesundheit, sett sik to Peerd, ritt to Hus un vertellt sin Fru von de dree olen Minschen, von de uns' Herrgott twee gewiß vergeten hedd.

(Kaspel Kolnkarken, un in'n »Müllenhoff« steiht dat ok all.)

De Queikaal.

As de Buer Johann Brandt in'n Harvst sin' Diek up de Vörstkoppel afflopen leet, üm em mal gründlich utmaden to laten, füng' he in den letzten Waterpol en Queikaal. Dat is bi uns de eenzigste Fisch, de en Stimm' von sik givt. As de Lüd bi uns noch keen Barometer harrn, bruken se dit Tier as Wederprofeten. Wenn he in sin' Glashafen unruhig ward un hin un her wogt, weet man, dat dat in de nächsten Dag' unruhig, störmisch Weder ward. Dat füll' den Buern darbi in un he dach: »Dar kannst din' olen Friech-Ohm to Wiehnachten en Freud mit maken.« He köff sik bi de nächste Gelegenheit in de Stadt en groten grönen Glashafen, sett den Fisch darin und schick em Wiehnachten-Abend dörch de Lüttdeern nah Friech-Ohm.

Den annern Dag luer de Buer, dat de Ohm kamen un sik bedanken schull. He keem awer nich. Da güng' he den tweeten Fierdag sülben röwer un frög, wat de Queikaal mök. »Dar weer nich veel mit los«, gnus de Ohm, »Mudder hett em erst kakt un nahher brad't; awer he weer nich mör to kriegen: da hebbt wi em de Katt geben.«

(Merrn ut Stormarn.)

De hölten Säbel.

De ole Fritz – von den olen Fritz weet dat Volk hunnert un mehr Geschichten to vertelln; man schad, dat se nich all' stubenrein sünd – harr in een Regiment mal en bannig fixen Soldaten. Blos mennigmal würr he en beten lichtsinnig, denn slög he öwer'n Swengel, drünk öwer'n Döst oder verspeel den letzten Groschen in't Kartenspill. Malins harr he dat Unglück, dat em sin Säbel öwer Stüer güng'.

He wüß sik awer to helpen un mök sik en Siedengewehr von Holt un mal dat sodennig an, dat dat von en richtigen Säbel kum to ünnerscheeden weer.

De lütten un groten Offiziers kreegen dat awer doch klok, un een von de groten steek dat den König, as he mal en ganz Goden harr.

Nu weer in datsülwige Regiment en armen Sünner, de weer fahnenflüchtig worrn. As de nächste Parad affholn weer, verurdeel de König den armen Stackel tom Dod, un uns' Grenadier mit dat hölten Swert schull em den Kopp affhauen.

De verfehr sik gräsig, erstens, wiel dat sin beste Fründ weer, un tweetens, wiel sin Säbelswinnel nu an't Licht keem. He bed un bettel, he pracher un pranzel: awer dat hölp all' nicks, de König bestünn' up sin Wort.

Da rich he sik denn up, reet sin Säwel ut de Scheed un röp: »So wull ik denn, dat min Säwel to Holt würr!« un as he tohaun däd, kreeg de Malefizkerl blot en Schramm an'n Hals.

Da lach de König, un as de König lach, kunn' de annern sik ok dat Lachen nich holn.

De König schenk den Dörbrenner dat Leben, un den Allerweltskerl mök he tom Schersanten.

(Ut Lauenborg.)

De Professer.

Fröher wüß keen Minsch mank de Vagels in ganz Sleswig-Holsteen beter Bescheed as de Professer Rohweder in Husum. Wenn he in'n Sommer man jichens Tied harr, so weer he ünnerwegens in Knick un Tun, Busch un Brok un beluer de Tweebeenigen. He weer ok sünst en ganz liedsamen Mann, un de Freden güng' em öwer alles.

As he mal morgens wedder up de Walz wull, leegen sik up sin Nahwerschopp all ganz fröh Mann un Fru in de Haar un schimpen un schandeern gräsig. De Professer vermahn ehr, doch eenig to sin. Awer se gröhln em an: »Stick di man nich twüschen Mann un Fru!« Un so geiht he denn wieder.

Nah en Stunns Tied kümmt he in en Dörp un geiht nah en oles Buernhus ran, wo en oles grotes Adbarnest up den Gewel sitt, un de Olsch kiekt klok öwer Bord, as se em wies ward. Da ward he gewahr, dat en Adbarei up den Meßfahlt liggt. Dat is heel blewen un is ok noch ganz warm. He wischt dat aff un röppt en gatlichen Jung, de grad mit sin Snappsnut ut de Blangdör kiekt.

»Jung, is hier nich en lang' Dackledder?«

»Ja, hängt an'n Schuerkaben.«

»Denn will ik mal de Ledder halen un du stiggst up't Dack un leggst dit Ei wedder in dat Adbarnest. Wullt dat?«

»Ja, wat givst mi, wenn ik dat doh?«

»Denn kriggst en Duwwelschilling.«

»Denn man los.«

De Ledder ward anstellt. De Jung klattert tohöch un leggt dat Ei richtig wedder in dat Nest rin. De Professor freit sik as'n Stint. He is all grad in't Wiedergahn, da ward dat up dat Buerhus klappern, un de Ol von den beiden Adbars, de grad von de Poggenjagd to Hus kamen is, makt en groten Spiktakel un smitt dat Ei wedder rut. De Professer kehrt wedder üm, bekiekt dat Ei, dat nu doch all en Kluft kreegen hedd, rükt dar an un hölt dat gegen de Sünn'. Dat is wahraftig fulschölt, as he dat apenmakt. Un as he nahdenklich weggeiht,

kümmt em dat so vör, as wenn de Adbar em nahklappert: »Stick di
man nich twüschen Mann un Fru!«

(Ut Stapelholm.)

Hans Quast, de Möller.

De ole Schollehrer weer mit Dod affgahn. Da meen den Schohster sin Fru: »Den Posten kunnst du ganz god vörstahn, du kannst ja lesen un beden un ok en beten reken und schrieben.« Se liggt em jeden Dag inne Ohren, un toletzt geiht he nah den Probsten un bringt sin Warv an.

»Ja, mein lieber Mann, dann muß Er sich bei mir einer Prüfung unterziehen.« Ob dat denn so leeg weer? »Das gerade nicht, in Seinem Dorf ist ja auch nur im Winter Schule.« Dat geiht los. Uns' Schohster sliekert sik mit Lesen, Schrieben un Reken so eben dör, wenn de Probst ok mennigmas smunzelt. Toletzt will he em noch en Frag stellen: »Es war mal ein König, der hieß David.« . . . »Ja, David, so heet unsen Schäper sin Hund ok« . . . »Dieser David hatte einen Sohn mit Namen Salomo, kann Er mir nun wohl sagen, wie Salomos Vater hieß?« De Schohster kratzt sik achter de Ohren, wörgt sik anne Kehl, mutt awer doch bekenn', dat em dat nich möglich is, ob he nich en beten Bedenktied kriegen kann. »Na, meinetwegen, aber morgen muß Er wieder hier sein.« Swar beladen sliekt de Schoster to Hus un bicht bedrüppelt sin Fru den Fall.

»Un dat wüßt du nich? Dat wüßt du nich, du Schapskopp?«

»Nee, weeßt du dat denn, Maleen?«

»Ja, ik weet dat. Süh, uns' Möller heet Hans Quast, – un sin Söhn heet Peter. – Wenn ik di nu frag, wie Peter sin Vader heet, kannst du dat nich seggen?«

»Ja, Moder, gewiß kann ik, swieg man still un schell' man nich mehr.« Den annern Morgen is de Schohster all ganz fröh wedder bi den Probsten, vergitt binah ganz dat Ankloppen un seggt. »So, Herr Probst, nu stellen Se mi man noch mal de Frag'!«

Ja, so un so. – De Probst hett noch nich mal utredt, da gröhlt de Schohster: »Hans Quast, de Möller!«

Scholvadder is de Schohster nich worrn.

(Kaspel Kolnkarken.)

De falsche Daler.

Dar weer mal en Hofpächter, de günn' keenen Minschen wat as sik sülben, he gev sin Lüd Achterkorn un lütten Lohn un dreev ehr liekers an, as wenn se Sklaven weern. Tom Schien awer güng' he flietig to Kark. As he mal wedder in de Kark seet un de Klingelbüdel rümgüng', smeet he ok sin Geldstück rin. Darto harr he sik en groten, olen, koppern »Skilling Danske« utsöcht, awer en richtigen preußschen Daler darbisteken, üm sin Nahwerslüd de Ogen to verblennen. He vergreep sik awer; de Daler keem in den Klingelbüdel un dat Kopperstück gleed wedder in de Tasch.

An dissen Sünndag füll' dat Klingelbüdelgeld an den Köster. He wunner sik bannig, as he en Daler mank all dat lütte Geld liggen seeg, un grüwel nah, wat he woll för en goden Fründ un Günner hatt harr.

An'n Nahmiddag, as he grad mal ut sin Finster kiekt, – wer bögt dar nah de Port rin? – de Hoffpächter.

Nu wüß de Köster Bescheed: de wull den Daler wedderhaln. Nu harr he all siet Jahr un Dag en falschen Daler liggen, de sik ok mal mank dat Klingelbüdelkopper funn' harr un tusch em mit den rechten üm. Flink sett he sik in sin' Lehnstohl, de lange Piep in de Mund un en Zeitung för de Ogen. Da klopp dat ok all an. »Herein!«

»God'n Dag, Herr Möhl, wat ik seggen wull – nee, ik will nich erst sitten – nehmen S' nich öwel, Herr Möhl, ik hev mi vergrepen – ganz vergrepen hev ik mi hüt morgen in de Kark –, ik wull en Achtschillingsstück in den Klingelbüdel steken un hev en Daler rinsteken – un dat is doch in disse slechte Tied to veel, dat künnt wi Buern uns hüttodags nich erlauben –, nehmen Se nich öwel, Herr Möhl, gewen Se mi den Daler wedder, un hier is en Achtschillingsstück.«

Nun weer ja de Köster an't Wort: »Ja, beste Herr, dar weet ik nicks von, wüllt mal sehn. Dat Geld liggt' hier in de annere Stuv noch so up'n Disch, as de Karkendeener dat dar utschütt hett. – Süh, dar is ja en Daler!«

»Danke, Herr Möhl, nicks för ungod!«

Flink weer he wedder ut de Dör un hög sik, dat he tweeunddörtig Schilling rett harr.

Wat hett he sik awer verfehrt, as de Daler nich klingen un nümms em hebben wull. De Köster awer hög sik, dat he mal en olen Foß fungen harr, de em un den Pastoren all so mennig Jahr mit Achter- korn, slechte Mettwust un mager Höhner bedragen harr.

(Ut de Travgegend.)

De Blomenputt.

En Fru in de tweete Etasch' weer vör dull bi't Reinmaken, un bi dat Remanten keem se en' Blomenputt to nähg, dat he dat Gliekgewicht up de Finsterbank verlör un up de Strat füll. Gliek darup hör se en Schimpen un Snacken. As se rutkeek, seeg se all en Hümpel von Minschen üm Eenen tosamen, de wedder upstünn'. Se mök, wenn't ok to lat weer, dat Finster to, sett sik in'n Lehnstohl un töv nu up den bösen Nahklapp. Richtig, dar keem all en Mann de Trepp rupstiegen. As se de Dör apen mök, weer dat ehr eegen Mann, awer ehr füll' doch en Steen von't Hart un se röp verlüchtert ut:

»Gott Lov un Dank, dat du dat büst. Ik harr all Angst, dat harr en' annern drapen!«

(Hamborg.)

Dat Rezept.

Doktor Wuth weer en geplagten Minschen: abends lat un morgens fröh ümmer up de Landstrat.

Malins würr he fröh wedder ut dat Bett halt. He wull grad dat Rezept schrieben, da keem sin Husknecht rin un säd, dat de Muerlüd, de en nien Peerstall för den Dokter buen, keen Tegelsteen mehr harrn, un dat he se forts bestelln un haln schull. De Dokter schreev ok flink dissen Zettel ut.

Wat hedd de Tegelmeister sik achter de Ohren kratzt, as he den Mixturzettel to sehn kreeg. Un wat hadd de Aptheker sik de Brill putzt un toletzt lacht, as teindusend Tegelsteen von em verlangt würrn.

(Ut Bartheidel.)

De Peerkrüff.

Uns' Discher Borkmöller weer en heel swiegsamen Minschen. He säd nich mehr, as he jichens nödig harr, am leevsten nich mehr as Ja un Nee. He meen, sin Warktüg, Huwel, Hamer un Sag, snack för em mit.

Malins weer he all fröhmorgens bi to kloppen un to nageln, dat de ganze Kat man so dröhn. Sin Nahwer, de Snieder, weer ümmer heel nieschierig, keek in't ap'ne Finster un frög: »Na, all so dull bi de Arbeit?«

»Ja.«

»Makst du en Kist?«

»Ja.«

»För wokeen?«

»För Buer Tietens.«

»Woans is dat denn kamen?«

»De ole is up.«

»Dat hev ik mi woll dacht; toletzt hett alles mal en Enn.«

So snacken se noch en Stremel wieder, de Discher von de Peer-krüff, de he för Buer Tietens mök, un de Snieder von den olen Vader Tietens, denn he in'n Sinn harr, un den he nu för dod höll.

Flink dreih he sik üm un löp von een Hus in't annere: »Hebbt Ji ok all hört, de ole Vader Tietens is dar nu ok ja mit lank?« Un wenn een un de anner dat nich glöwen wull, denn sett he hento: »De Discher hett mi't seggt, de würr't nich seggen, wenn't nich wahr weer, un dat Sark hev ik sülben sehn.« As he nu dat halwe Dorp all aff-kloppt hett, un von'n Dörpsplatz nah de Achterhörn rin bögt – wer steiht dar un snackt mit Korl Göben? De ole Vader Tietens, – un ganz kandidel is he! – Junge, wat verjagt sik de Snieder! Flink kehrt he üm un lett in de Hüser, wo he all west is, den Doden wedder lebennig warrn. Bi den Discher hett he sick awer so bald nich wed-der sehn laten.

(Ut de Nah un von de Säbarger Landstrat')

45

De Graf un de Paster.

Dar weer mal en Graf, un dar weer mal en Paster, de kunn' sik dörchut nich verdregen. Wenn de Graf mit sin Jägers nah de Jagd in'n Krog seet, so schimp he up den Paster, un wenn de Paster up sin Kanzel stünn', denn dunner he von en gewissen Jemand, dat man dat mit'n Tuhnpahl an de Wand föhln kunn, dat he den Grafen meen.

Eenmal seggt de Graf to sin' Jäger: »Snied mi mal den eeken Schacht ut'n Knick; dar will ik hütabend den Paster dat Fell mit versahln.« De Jäger mutt dat je dohn.

As't nu gegen Abend keem, schick de Graf sin' Deener hen nah den Paster, he müch doch mal up't Sloß kamen; denn he, de Graf, harr em, den Paster, ganz notwennig wat to seggen. De Deener awer wüß Bescheed un wahrschu den Paster, he schull man leewer to Hus blieben. Awer de Paster weer nich bang', steek sin laden Duwweltpistol in de Rocktasch un güng' mit den Deener up't Sloß.

As nu de Paster bi den Grafen alleen weer, gev bald een Wort dat anner. Se keemen bald in Striet un up'nmal lang de Graf den Eeken ut de Eck un fragt den Paster: »Kennst du Moses sin' Zauberstab?«

Awer de Paster weer nich bang', fohrt in de Rocktasch un höllt den Grafen de Pistol up de Bost: »Kennst du denn ok Aron sin Füer-fatt?«

Da leet de Graf den Knüppel sacken un de Pastor steek sin Scheetding wedder in de Tasch un säd:

»Wenn de Herr Graf mal wedder en Frag' ut de hillige Schrift stellen will, kann he mi gern mal wedder ropen laten!«

(Bi'n Schübarg rüm.)

De Bodderdeef.

Dat givt Minschen, de nix wieder liggen laten künnt as Möhlsteen un glöhnig Isen. Awer Bodder stehlen is ok nich licht.

De Buer Jürn Maaß harr'n Nahwer, de stell' sik oftmals so gegen Abend in, wenn't schummerig würr, un harr denn ümmer wat to dregen, denn mal'n Korf un denn mal'n Kann' un de stell' he denn up de Vördeel (fröher heet dat Flett) bi dat Schöttelbort hin. He wüß dat so intorichten, dat he in'n Düstern, wenn grad jemand mit de Lücht in'n Kohstall oder bi dat Hackelssnieden up de Deel weer, wedder rut müß.

Nu mark de Fru Maaß all lang', dat ehr denn mal en ganze un denn en halwe Slag Bodder fehl', de se dar up dat Bort stahn harr. Un dat jedesmal, wenn de Nahwer dar west weer.

»De schall Lehrgeld geben!« säd de Buer.

Ins is de Besök wedder dar un treckt wedder aff, as alles schön düster is. Keen Minsch kümmert sik üm em un so fummelt he en halwe Slaag Bodder nah sin Hot rin.

»O Nahwer, kumm noch mal wedder rin. Ik wull di noch mal watt seggen.« Un dormit hedd Buer Maaß em ok all bi'n Arm un schüfft em up de Bank bi den Aben. »Kumm, huk di noch'n beten dal, ik will di disse schöne Geschicht ut min' nien Kalenner mal vörlesen.« He list twee lang un twee breed, de Geschicht will keen Enn' nehmen.

Un de Nahwer sitt dar mit'n Hut up den Kopp achter'n Aben, un de Bodder löppt em man ümmer so bi Näs un Ohren dal.

»Minsch, wat sweetst du un noch darto – Bodder?«

As'n Hund ahn' Steert schöv he sik aff.

(Ut Todendörp in Stormarn.)

De kloke Fischer.

Dar weer instmals en Fischer, de stell' abends en Nett för Aal un Heek ut un läd en Isen för den Voß. As he den annern Morgen bitieds hengüng', fünn' he ünnerwegs en Büdel mit Geld. Da weer he vergnögt un säd: »Nu künnt ik un min Olsch up uns olen Dag' noch mal'n god Leben hebben.« Awer da schöt em dat in'n Sinn, wenn sin Fru dat ins nahsäd, denn kunn he to Gericht lopen, un müß he't all' wedder utdohn. Mit de Gedanken leep he wieder, un as he bi dat Nett keem, seet dar en Heek in, un as he bi dat Isen keem, seet dar en Foß up. Da nehm he den Heek ut dat Nett un bröch em up't Isen, un den Foß nehm he von't Isen un bröch em in't Nett, un den Büdel mit dat Geld läd he wedder in'n Stieg hin. Da güng' he wedder to Hus un säd to sin Fru: »Dat is so schönes Wedder; wüllt wi nich mal eben nah dat Fischnett un dat Foßisen kieken?« Ja, säd se, un güng' mit em. As se up den Stieg keemen, fünn' se dat Geld un weer von Harten vergnögt. Da scharp de Mann ehr dat in, dat se dat nich nahseggen schull, un se lav em dat, dat se dat ok nich dohn wull. Da güng' he mit ehr nah dat Nett, un da fünn' se den Foß, un as se bi dat Isen keemen, fünn' se den Heek. »Nu lat uns to Hus gahn«, säd de Mann, »denn de Amtmann is ok all up, un de Düwel kiekt em de Papieren dör.«

De Fischer un sin Fru deeden von de Tied an nicks mehr un levten dar god von. Awer up de Duer kunn de Fru nich swiegen. As se mal mit en paar Nahwerschen bi en Köppen Tee seet, verplapper se sik un säd't nah. Dat duer keen dree Dag, da wüß dat ganze Dörp, dat de Fischer Geld funnen harr, un de Amtmann hör hat ok. Da müß de Fischer to Gericht un würr daröwer befragt. He säd awer, dat weern Lögen, wat de Lüd säden. Da leet de Amtmann sin Fru haln un frög ehr, wat se Geld funn' harrn. Ja! säd se, dat harrn se. Da keek de Amtmann den Fischer ganz ernsthaft an; de Fischer awer beer, as wenn he lach un säd: »Min Fru kann woll wat seggen, de is mall.« – »Wat is dat?«, füll de Fru em in't Word, »ik weet dat noch ganz genau; dat weer densülbigen Morgen, as wi den Foß in dat Nett un den Heek up dat Isen fungen harrn.« As de Amtmann dat hört harr, füng' he an to lachen, dat he sik dat Lief fastholn müß. »Ja, Herr Amtmann«, säd de Fru, »ik weet dat noch näger, dat weer an den sülbigen Morgen, as de Düwel in Ehr Hus regeer un Ehr

Papieren dörkeek.« – Sackerlot! wat mök de Amtmann da för'n Gesicht: »Pedell, kamt gau her un bringt de Fru rut; de Fru is mall.« – »Hev ik dat nich seggt, Herr Amtmann?« säd de Fischer. »Ja,« säd de Amtmann, dat is so, Ji sünd unschüllig, un Ju Fru is wiedlöftig worrn.«

(Ut Ostfriesland.)

De veer Namenvetters.

In de Stadt weer mal een Dokter, de heet Berg. En netten Mann mit en griesen Vullbart. De föhrt mal to Lann' un dröppt in Runshagen en Buern de heet Dal. De Dokter höllt still un seggt: »Gemorgen; de Lüd seggt ümmer, Barg un Dal begegent sik nich, un nu drapt se doch tosam. Wo wüllt Se hin, Dal?«

»O, ick wull mal na Tagendörp. Dar wahnt so'n Rahmaker, de makt ganz verdöwelte Stövmöhln (Kornreinigungsmaschinen). Dar lat ich mi en maken un wull nu mal sehn, ob se farrig is.«

»Dar will ick ok hen, denn föhren Se man mit.«

Dal hukt mit up, un so snackt un smökt se sik na Tagendörp.

In'n Krog bi Mudder Dwingersch kehrt se mal an, köpt sik en Krog Beer, un wer kümmt rin? De Buer Dalbarg ut Langenmüssen. Em weer en Peerd dodbleben; nu wull he mal sehn, ob he sik mit Hans Stahmer üm den fiefjöhrschen Wallack eenig warrn kunn.

»Nu warr't je woll rieten,« seggt de Dokter, »wo kamt denn all de Dal un Barg her?«

Da grient de Weertsfru, buckt ut de Stubendör un röppt de Trepp rup: »Kamen Se man bald rünner, sünst ward de Kaffee kold.«

Da pultert jemand de Trepp rünner, kümmt in de Döns rin un sett sik an den Kaffeedisch. Mudder Dwingersch seggt: »Dat ward Tied, dat Se an't Geschäft kamt, Herr Bargdal. Se hebbt all veel to lang' slapen.« Herr Bargdal weer nämlich een Lübecker Tügkopmann, Plünnkerl säden wi fröher, un hauseer de Gegend aff.

»Kennt de Herrn sik? Herr Bargdal ut Lübeck.«

»Nu treck ik aff,« seggt de Dokter, »wer weet, ob nich noch mehr kamt, sünst finnt wi uns gar nich wedder utenanner.«

(Ut de Dörper bi Trittau.)

De Buer mit sin Fru.

Wenn twee Minschen togliekertied hohjappt (gähnen), denn levt se noch en Johr tosam. Dat weet jedereen.

Nu weer dar mal'n Buern, de müch sin Fru ni mehr lieden un he wull se bannig gern los sien. He keem toletz' up den Gedanken, he wull ehr in'n Wohld uphangen. Merrn in't Holt wüß he eenen Bom mit en sieden, sekern Telgen. Dat weer awer all gegen Abend un ok wied to gahn. So werrn se beid möd worrn un de Fro hohjappt un seggt: »Ik warr all möd, Vadder, oo – ha!«

Un as se nu noch darbi is, da stickt dat bi em an, he mutt ok hohjahnen un seggt, wiel se nu doch een Johr tasam leben doht: »Na, Mudder, denn lat uns man wedder to Hus gahn!«

Un dat anner Jahr harr he sin dummen Grapen vergeten.

Hier! awer nich hier!

Dickverdreben seet de Buer in de Isenbahn, beide Dumen öwer de Westentaschen hakt un en fette Zigarr in de Mund. Up de nägste Statschon – ik schall leegen, ob dat in Rendsborg oder Flensborg weer – steeg so'n Kerl von Student in, hantier mit sin' Kuffer un Schirm un kunn de Dör nich fast tokriegen. Dat mök den Buern Spaß, he baller de Dör to, nöhm den Finger un tuck sik erst vör den Kopp un denn up dat Handgelenk un seggt darto:

»Hier! awer nich hier!«

De Student beer so, as wenn he dat nich verstünn', awer kribbeln däh em dat doch. As se en Viertelstunn' föhrt harrn, füng' he bi de Finstervorhäng' und toletz ok bi de Notbrems an to fummeln. He beer, as wenn he dat Griff nich dal trecken kunn. Un richtig! De Buer güng' up den Liem.

He stünn' up, reet mit en Knuff dat Ding dal un wull grad wedder wat to den Studenten seggen. Da höll ok all de Tog, un nah en Ogenblick weern en paar Isenbahners bi em, stellen ehr Verhör mit em an un laden em nich heel fründlich in, en düchtigen Griff in sin' Geldbüdel to dohn.

As de Student utsteeg, tuck he sik erst up'n Arm un toletz vörn Kopp un säd ok darto: »Hier! awer nich hier!«

(Meern ut Holsteen.)

Dat Speegel.

En Buer harr sin Speegel fallen laten, un nu kunn he sik garnich den Bart affnehmen. As he nu all ganz rugmulig weer, mök he sik up to Stadt, üm sik en nies Speegel to köpen. Nah langes Söken fünn' he an'n Marktplatz en grotes Hus, un dar weern ok Speegels in alle Aarten to köpen. He seggt to de Ladenmamsell: »Du, giv mi mal'n Speegel. – Kannst du nich hören? Du schast mi'n Speegel geben. Du, du ole dwatsche Deern, du!« Dat Fräulein ward heel stutzig un löppt nah den Herrn, dat dar so'n frechen Buern is, de ümmer »du« to ehr seggt.

Da kümmt denn ja de Herr sülben un fragt, wat he wünscht. »Ja, du kannst mi mal so'n lütt Speegel tom Bartschrapen geben, du weest jawoll, wat ik meen. Hest mi verstahn, du?« Da fragt em de Kopmann, worüm he denn so mit de Dör in't Hus fallt un gliek »du« seggt.

»Je,« seggt de Buer un grient, »dar steiht ja öwerall in't Ladenfinster anslagen, dat dat bi Dutzen billiger is.«

Da lacht de Kopmann, un se ward sik ok gliek üm den Pries eenig. As de Buer betahlt hett, will he dat Speegel so in de Tasch wrangen, un de Kopmann seggt: »Ik will't erstmal en beten inslagen.« He meen in Papier. Dar wull de Buer awer nix von weeten un säd: »Ne, inslagen warr't woll wedder fröh genog!«

> Disse Geschicht würr veel in't Ahrensbörger
> God in min Jungsjahrn vertellt, as da He- und
> Du-seggen uphöll' un dat Se-seggen mehr up-
> keem.

De starke Tobak.

Merrn in en groten Wohld stünn' de düstern Dannen so dicht tosam, dat keen Sünnenstrahl up he Eer kamen kunn. Dar weer ok en swarte Waterkuhl, un grote Steen leegen öwerall wild herüm. Dar tru sik keen anner Minsch hin as de Jäger. Se munkeln all', dar wahn de Düwel. Se wahrschuen ok oftmals den Jäger; awer de säd denn ümmer: »Ik bün vör den Düwel nich bang', lat em man kamen!«

As he sik nu eenmal noch lat in't Holt upholn harr un kum den Weg dörch de Sneesen finn' kunn, stünn' mit'n mal de Düwel vör em. He kenn' em nich, dach sik awer gliek, dat de Satan dat weer.

De frög em denn nah den rechten Weg un sünst allerlei. Toletz ok nah dat Ding, dat he öwer de Schuller hängen harr.

»Dat is min Tobakspiep.«

»Wat ward dar mit dahn?«

»Dar smök ik mal ut to min' Tiedverdriev.«

»O, dat Smöken müch ik ok woll lehrn.«

»Dat is licht to lehrn, paß man god up. Dit Enn stickst du in de Mund un fangst gehörig an to sugen.«

De Düwel süggt nu ut Kröpelskraft, un de Jäger fangt bi den Hahn an to fummeln.

»So nu steek ik an, nu sug man fix to!« Darmit drückt he beide Drückers up'n mal aff. De Düwel fangt an to prusten un to speen un schriggt. »Junge, dat is awer starken Tobak!« un makt, dat he in sin Lock kümmt. Hett sik ok nümmer bi den Jäger wedder sehn laten.

De Geschicht is all heel old un öwerall to Hus, blivt awer ümmer jung.

De veermal dode Pap von Lüttensee.

In olen Tieden weer in Lüttensee en Kloster. Se wiest noch de Städ in he Mitt von't Dörp, wo de Kark stahn hett, un de Krog an de Landstrat ward mitünner von öllere Lüd noch »up'n Kloster« nöhmt.

In't Kloster is malins en Pap west, de hett sik, wenn de Buer, de damals up dat Peemöllersche Hus wahn, mit Holt nah Hamborg föhrt is, von den sin Fru mit Eeten un Drinken god plegen laten.

Eenen Abend seggt de Buer to sin Fru, dat he den annern Dag to Stadt will. Se weckt em denn ja den annern Morgen rechttiedig. He kann sik awer ganz un gar nich vermünnern un seggt: »Ik kann keenen Sticken vor Ogen sehn; mi is alles düster un swart; ik mutt man to Hus bliewen.«

So bliwt he denn dar. As de Sünn' nahsten so recht warm schient, seggt sin Fru to em: »Ik hev den utdöschten Weeten in de Sünn' kregen; du schullst de Höhner dar man von affholn.«

He stellt sik nu je ümmer blind und tuntig an un lett sik von ehr nah'n Garn trecken. Dar mutt he sik bi den Dutt Weeten up en Hüker dalsetten. Se givt em en Sweep in de Hand, dar mutt he immer mit hin un her weihn.

Nun kümmt de Pap, un de Fru swiestert em to, he schall mal lies in de Döns gahn; se will em wat schönes Eeten maken, Häk mit Botterstipp. Se vertellt em ok, dat de Ol öwer Nacht blind worrn is. Se geiht in de Kök. Den Pap awer ward de Tied lang, un he leggt sik in dat Kuzbett un slöppt in. Wieldes hett de Fru dat gewaltig hild bi ehr Kaken. Se löppt toletzt ok mal in'n Goarn, en beeten Petersill un en Stang' Marrek to haln.

Da springt de Buer flink up un kiekt in't Finster; denn he is je garnich blind. As he nu den Pap in de Stuv fürchterlich snarken hört un de Mund wied apen süht, löppt he nah de Kök, nimmt den Putt mit smölte Botter un gütt de den Pap in' Mul. Da sett he sik wedder ganz still bi den Weeten dal.

As de Fru wedder rinkümmt un den Pap tom Eeten nödigen will, spricht un drickt he nich, lett sik ok nich rippen un rögen; he is dod.

Nu givt dat en groten Larm in't Hus, un nu is gode Rat düer.

Da besinnt se sik, dat he Schohster up de Rahwerschop dat ümmer nich lieden kann, wenn jemand in sin Finster kiekt. Se lat den Doden erstmal liggen, stellt em awer an'n Abend, as dat schummerig worrn is, dicht achter den Schohster sin Finster.

As de Schohster noch mal an sin' Disch geiht, süht he, dat dar en Kerl in't Finster schult. Em löppt gliek de Gall öwer und he seggt: »Töf man, di will ik betahlen; glup du un de Deuster!«

He nimmt sin' grötsten Leisten un smitt den Kerl piel dörch't Finster darmit an den Kopp, dat he rügglangs dalfallt. De Schohster löppt rut, un as he den Pap dod liggen süht, meent he je nich anners as dat he em dodsmeeten hett. He besinnt sik awer; dat sin Nahwer en Bom mit riepe Appeln hett, in den dat Jungvolk stiggt, Appeln to musen. So driggt he den Doden in den Appelbom un sliekt wedder sacht in sien Kat.

De Appelbuer hett all lang up den Deef luert und geiht bi nachtslapen Tied nah sin' Appelhoff. Da ward he den Kerl in den Bom gliek gewahr un smitt mit en armdicken Knüppel nah em, dat he rünnerplumpst und dod liggen blivt. Wat nu? Em kümmt in Gedanken, dat den annern Dag dat Trittauer Markt is. Kum is den annern Morgen de Sünn' upgahn, so sett he den Pap up'n Wagen, spannt en blinn' Perd vör, dat awer den Weg heel god kennt, un föhrt los to Markt.

As se up't Markt kamt, deiht he den Pap dat Lai in de Hand, stiggt aff un seggt: »Nu föhr man to; ick mutt hier mal eben nah dit Hus rin!«

As de Pap nu up dat Markt kümmt, wo dat arme Peerd je keene Ahnung von hett, jagt he allerwegens up los un ritt Telten un Boden üm. Da fallt de Lüd öwer em her un slaht em so dull, dat he von'n Wagen fallt un för dod wegdragen ward, ditmal to veerten un letztenmal.

(Ganz Stormarn.)

Eidig.

De Wilddeewerie weer fröher bi uns to Lann' gar keen grotes Verbreken. »Blot nich fatkriegen laten«. De grötste Scharpschütt up dit Flach is woll Eidig west. He weer so berühmt, dat de grote Künstler Otto Speckter ut Hamborg en Bild von em teekent hett, dat noch hier un dar an de Wand hängt. Leeder würrn up em dicht, de up de Jahrmärkte to den Nudelkasten sung'n würrn.

Damals weer de Jagd königlich oder gräflich. Dat veele Wild däd de Buern groten Schaden, un so seegen se gern, dat Eidig dar en beten mit uprüm. Darför weer he ehr denn ok erkenntlich un smeet ehr mal en Griesen oder gar en Reh in'n Schummern in de Blangdör. Up besonners goden Fot stünn' he mit de Daglöhners un Holthauers, de em en goden Stand nahwiesen oder em sogar driewen un slepen hülpen.

De Jägers, Försters un Holtwahrers awer weer he en Dorn in't Og. »He bringt uns noch ut Amt un Brod!« Se kunn' em nich habhaft warrn. He harr en bannig scharpen Rüker. Wenn se keemen, weer he grad eben dar west.

Vör luder Wehldag' hett he noch Schindluder mit ehr speelt. He hett ehr den Hot von'n Kopp, den Knop von'n Rock, den Hacken von'n Stewel un den Buddel vör'n Hals wegschaten. En paarmal hebbt se em sodennig umzingelt, dat se em bi de Bücks kreegen. Un likers wüß he ehr wedder ut de Fingern to kamen. In't Holt kneep he ehr ut, leet nah sick scheeten, stell sick, as wenn he drapen weer un man een Stunn' mehr to leben harr. Keemen se dann mit en Wagen oder Bör, so weer de Vagel wedder utslagen. Malins harrn se em all in en Backhus sparrt un twee Wachten stünn' darvör. Da güng' he baben dörch de Dackpann' un leet de Posten den lerrigen Backaben bewachen. Toletz keem en Slaukopp up den Infall, se wulln em nah Amerika schicken. Eidig weer ok doch woll all de Borrn ünner de Föt to heet, un so güng' he up den Vorslag in. He leet sik nah Hamborg bringen, Reisgeld geben un schipper öwer den groten Diek nah dat Land von de grote Frieheit, wo damals noch Dusende von Büffels herrenlos umherlöpen, Millionen von Felsenduven de Sünn' verdüstern, von all' de annern Tiern ganz to swiegen. – Vellicht is em dar in de Wildnis doch dat Krut un Lot utgahn, denn he schall toletz in en Stadt, wo veele Dütsche wahnen, en Krogwirtschaft bedreeven hebben. Annere wüllt em sogar noch wedder in Hamborg sehn hebben.

(Rund bi'n Sassenwohld rüm.)

Torügg betahlt.

Hans Bröcker ut Lütten-Hansdörp weer nich tofreeden, wenn he nich en lütten Spaß maken kunn. Mal harr he en halv Dutz Frünn' ut dat nächste Karkdörp to sin' Geburtsdag inlad't. As se nu all' up de lange Bank achter den groten Eekendisch, wo dat Bodderbrod in grote Hupen un de vullen Gläs mit Punsch up stünn', sik dal sett harrn, brök de Bank dal un se huken alltosam up den Fotborrn, denn he harr een Been von de Bank losmakt, dat se tom Ümkippen keemen. Awer dat se schimpen, – den Gefallen däden se em nich. As de Schaden beetert weer, eeten un drünken se ruhig wieder.

As Hans Bröcker nu dat nächste Mal to Möhl föhr, wull he sik ok gliek mal raseern laten, denn de Stoppeln weern all arig lang worrn. He sett sik also achter up sin' Wagenborrn, leet den Bartschraper rutkamen un de kratz em ok de eene Back blank. As he darmit farrig weer, güng' dat Finster apen un he würr rinropen. Dar schull sik en Unglücksfall in't Hus todragen hebben, un he schull dat Blot stillen. Hans Bröcker luer, awer de Bartschraper keem nich wedder. He söch öwerall in't Hus, awer de Mann leet sik nich hören un sehn. He müß halv raseert to Möhl un wedder to Hus föhren un mark nu, woran he weer: dat se em dat torügg betahlt harrn.

(Ut Bartheidel.)

De Stubben.

In Wohldörp oder Ohlstäd, ik weet't nich mehr ganz genau wo, wahn fröher mal en heel örntlichen, flietigen Minschen; de arbeid un schaff von Morgen bet Abend, un in un bi sin Hus rüm seeg alles veerkantig ut.

Am meisten sorg he, dat he in'n Winter wat to brennen harr. Darüm mök he in't Fröhjahr Torf un in'n Winter rad he Stubben in't Holt. De kunn sik fröher jeder ahn Geld rutkriegen. An de Südwand von sin Kat harr he de tweimakten Stubben bet hoch ünner de Ösel upstapelt.

As't nu eenmal wedder Winter weer, keem em dat so vör, dat sin Stubben so rietend affnehmen, as wenn he woll en stillen Liekedeeler harr. He mök an de böwelsten Stubben Krüzen un Teeken, un de weern denn ok bald verswunn'.

He harr en anslägschen Kopp un harr bald en goden Infall. He bohr in mehrere Stubben en fingerlanges Lock, mök dat vull Scheetpulwer un smeer dat baben mit Lehm to, dat man dat nich sehn kunn. – Nah eenige Dag' geiht de Muermann dar vörbi, un uns' Katenbuer fragt an, wo he hin will. »Och«, seggt he, »ick schall den Hawerkamps-Buern sinen Backaben wedder upmuern, de is em gestern Morgen bi't Inböten ixplodiert. He hett mit Dannenstubben bött un de hebbt jawoll to veel Knallgas entwickelt.«

»Na«, seggt de Katenbuer, »denn weet ick nu ja ok, wo min Stubben bleewen sünd; awer de ward woll nich wedder kamen.«

> Mennigmal ward de Geschicht ok so vertellt,
> dat de Slaumeier all up de Luer stahn hett un
> glick dar weer, as de Backaben in de Luft
> güng'.

(Alstergegend.)

Hans Hawerland.

In de Probstie lev mal en rieken Buern, de heet Hans Hawerland. He harr en grote Rönn', de ümmer drög weer. Un wiel he nu mennigmal Een' öwern Döst drünk, so keem he dar bunt hinlank. Darbi harr he noch de Gewohnheit, dat he toslöp, sobald he to sitten oder to liggen keem.

Malins wull he mit sin' Jung en Fahln von de Wischen to Hus haln. Se stiegt in't Boot un stakt den Strand hinlank. As se dat Deert fat kreegen hebbt, lett he den Jung to Hus rieden. He will sik wedder in'n Kahn to Hus staken. Dat is awer heel hitt, he ward möd, leggt sik lingelank in den Kahn dal un slöppt in. Wieleß keem en Wind up un dreev em ümmer wieder in de See rin.

As he upwakt, kann he keen Land un nich mal mehr den Schönbarger Karkentorn sehn. As he nu süht, dat keen Ropen un Rehmen wat nützt, leggt he sik wedder dal un runkst wieder.

Nah lange Tied gev dat en Stot: dat Boot seet an Strand. He klasper sik rut, un de Lüd leepen tosam. Hans kunn awer keen Wort verstahn, un so mark he denn, dat he an en dänsche Insel landt weer. Dat weern awer gode Lüd up Langeland, se versorgen em mit Eten un Drinken un as nah en paar Dag en Schipp nah Kiel föhr, da bünn' he sin Boot achteran, un he kunn wedder bet nah Ellerbek slapen.

Dar keem en Wagen un de föhr em mitsammts sin' Kahn nah Schönbarg. Dar harrn se em all för dod utropen, un sin eegen Fru reet vör em ut, bet se sik tolez wedder an em gewöhn. Kümt jemand nu mal dwatsch togang', so snackt man noch hüt von en »Hawerlandsfahrt.«

> (De Dichter F. Weber hett dat Stückschen all mal in Riemels fat. Awer de Probstier vertellt dat leewer in ehr Alldagssprak.)

Dat Nachtlicht.

»Dar is keen Putt so scheev, dar paßt en Deckel to«, seggt dat Sprickwort. Un so kreeg de Buer von'n Lünkenhoff ok noch toletz en Fru, so'n halvsleeten Minsch, as man woll seggt.

As de Hochtied nu ut weer un se to Bett stiegen wulln, säd de Fru: »O Hinnerk, ik kann dat Licht nich utkriegen!« Ehr Mund stünn' nämlich nah links röwer, un so puß se ümmer rechts vörbi.

Da müß he denn wedder ut dat Bett rut un füng an to pusten un puß un puß, awer – he kunn't ok nich utkriegen, wiel he mit sin Mundwark rechtssiedig weer. Da buck de Fru ut de Dör: »Trina!« – o kumm mal her un mak uns das Licht ut!« Trina keem, awer se weer ok nich instann'; denn ehr böwelste Lipp hüng' as en Füerhardskapp öwer de ünnerste röwer. Se pust un jammer een üm't anner: »Ick hev doch all so mennig Licht utpust, awer hüt Abend bün ik ja woll reinweg behext.«

Se müß dat Spillwark upgeben, un nu müß Hans, de Knecht herkamen. Awer Hans tier sik ok vergevs darmit aff. So as de Deern dar ümmer vör dal blast harr, so pust he mit sin Sneeschüwerlipp dar vör nah baben. »So'n verdreihten Kram!« schimp he un tröck wedder aff.

En ganze Tied beraden se noch. Da müß de ole Moder ut de Achterstuv herropen warrn. Ja, ja, de Olen hebbt all mehr Erfahrung. Se lick an'n Dumen un kneep dat blaken Licht ut. Da kunn' se all' ruhig to Bett gahn.

(Lang den olen Ossenweg.)

Dat lütte Brod.

En ole Bäcker in de Achterstrat würr gräsig von den Giez plagt. He back dat Brod so lütt, as he man jichens kunn. So harr he denn von sin Kunn' vonwegen de lütten Rundstück, de man binah dörch't Slötellock steken kunn, un de dünnen Bodderkoken veel totohören. Nu harr he up de Vördeel ok en Papagei in en Trallenbur stahn. Wiel de Papagei nu jeden Dag den Snack von dat lütte Brod to hören kreeg, pappel he dat bilütten nah.

Dat keem so wied, dat de Bäcker ok toletzt achter de Trallen to sitten keem, un as he wedder los weer un de Vagel em mit »dat lütte Brod« empfüng', da dreih de Bäcker em dat Gnick üm un smeet em abends in'n Rönnsteen; he dach, de Rotten würrn em nachts woll haln.

As dat nu gegen Mitternacht keem un alle Lüchen utpust weern, keem en dune Kerl lank de Strat tummeln un füll' dicht bi den Papagei dal. De weer awer nich ganz dod un kreih em an: »Hest ok wat von't lütte Brod snackt?« De Kerl verjag sik bannig un würr wedder nüchtern; he wüß wedder, wo he weer un lang' den Bäcker sin' Papagei nah veeles Ankloppen in de Dör. Ditmal hedd de Bäcker em ganz dodslagen un up en Städ inpurrt, wo keen Sünn' un Maan schient.

Dithmarschen, un von Büsum bet Bagdad.)

Fritz Reuter lett den Papagei sin Frag' all as Sprickwort lopen un Boysen-Nienkarken hett ehr all in Riemels bröcht.

Wat de Schufkar seggt.

Dar weer mal en Daglöhner, de güng' binah den ganzen Sommer to Moor un mök Torf. Gewöhnlich harr he sin Schufkar mit, un abends bröch he en ganzes Föder drögen Torf mit to Hus. Uennerwegs müß he öwer't Feld un ok en Strämel dörch en Dannenholt. Damals gev dat noch öwerall veel Wild, Hasen und Reh. So keem he denn up den Gedanken, sik aff un an en Braden to scheeten. Dat güng' ok en paarmal god.

As he eenes Morgens wedder loskarjolt, de Flint in'n Sack up de Kar, kümmt em dat so vör, as wenn de Schufkar, de he in mehrere Dag' nich smeert harr, en eegen Sprak hett un jümmer langsam seggt un piept:

»Kehr üm, kehr üm'.«

He kehrt sik dar awer nich an, tövt up't Moor, bet dat abends schummerig un newelig ward, un schütt ünnerwegens an't Holt en Reh. Kum hett he dat in'n Sack bi de Flint ünner den Torf versteeken, so kümmt de Jäger dwas öwer de hogen Koppeln to staken. Da jagt de Daglöhner bannig flink to, un de ole Schufkar seggt jümmer flinker:

»Dat hev'k mi dacht, dat hev'k mi dacht!«

Awer de Jäger harr längere Been un kreeg em bi de Slevitten, nehm em de Flint un dat Reh aff, un nahsten müß he noch dree Dag' in »Johann Mus sin Fack« brummen.

(Duvenstadt an de Alster.)

Dat sware Bünnel.

En gelehrte Doktor, de mal en Reis' to Fot mök, (en Student, de to Hus wull un keen Geld harr), harr sik nah en lange Wannerung ut Mödigkeit in't Gras an'n Weg dalleggt. Da keem en Buer mit en paar starke Peer anföhrn un frög em, ob he mitföhren wull.

Dat nehm he denn ja ok mit groten Dank an un sett sik bi den Buern up dat Brett. Sin swares Bünnel awer mit allerhand Kleedaasch, Brod un Böker behöll he up den Puckel. As he darmit den Buern en paarmal mit stött harr, wenn't mit den Wagen mal en Stot gev, frög de Buer em, ob he dat Bünnel nich achter in den Wagenkasten smieten wull, dat Drägen harr he doch garnich nödig.

»O gern!« seggt de Gelehrte, »dat doh ik gern, wenn he dat Bünnel ok noch mit föhrn will!«

De Buer smustergrien un dach: Dat ole Sprickword is doch recht: »Je gelehrter, je verkehrter.«

(Ut de Kieler Gegend.)

De Wiehnachtsdeev'.

Twee Daglöhners, Johann Busch un Adam Rüsch stünn' all lang' Dag för Dag bi den Vullbuern Thieß Dunker up de Grotdeel un döschen Roggen, mit de Flögel, klipp, klapp – heel knapp. Ja, knapp weert' man; denn se kreegen dat elfte Korn as Lohn, dat heet von elben Tunnen kreeg de Buer tein un se een; dat leegste awer weer, dat de Roggen nich recht lohnen wull.

En paar Dag' för Wiehnachten stünn' se wedder verdreetlich up de Döschlad to kloppen. All' he Buern un ok de Handwarkers sorgen för't Fest, dat se gode Kost un denn ok recht rieklich up'n Disch kreegen, un se, de Döschers, harrn nicks as Swartbrod un Kantüffeln mit Speck.

»Wi möt uns wat stehln.«

»Dacht hev ik dar ok all an.«

Se möken sik ümmer mehr mit den Gedanken vertrut, un as se man erst den Willen harrn, fünn' se ok bald den Weg.

Dat weer üm disse Tied ja all heel fröh düster, un denn schull Adam, as de starkste von de beiden, bi en Buern en fetten Hamel ut'n Stall haln, un he, Johann, wull bi den Bäcker in't Finster in de Backstuv rinstiegen, wenn se all' bi de Abendkost seeten, un so veel Koken, Puffer un Fienbrod in'n Sack steeken, dat se gliek för Wiehnachten un Niejahr genog harrn.

De Abend keem, un se sliekern sik los. Johann keem ok richtig in den Bäcker sin Finster rin. Awer da hör he wat gahn un kreeg wieder nicks mit as en groten Büdel vull Pepernöt. Darmit keem he god weg un güng' nah he Kark, de en beeten alleen stünn' un mit Muer, Busch un Böm ümgeben weer.

Inn' Karkentorn, de üm de Tied noch apen weer, wulln de beiden Spitzbowen, as se affmakt harrn, sik drapen un den Kram deeln. He dach: Kannst ja ok all bi de Pepernöt anfangen to deeln. He nöhm ümmer dree Stück twüschen de Fingerspitzen un läd se in twee Hupen hen: Dit sünd min! – un dit sünd Adam sin! – un ümmer flinker: Dit sünd min, un dat sünd Adam sin!

He weer noch wacker bi to telln, so keem de Köster un wull de Bädklock trecken. Da hör he in'n Torn wat snacken. Twintig Jahr weer he dar all bi Wind un Weder, in de grötste Düsternis kamen, un nümmer harr he wat drapen. He lüster noch mal to, – richtig: Dit sünd min, un dat sünd Adam sin! Da kreeg he dat mit he Angst. Adam? dat weer ja de erste Minsch west, un de anner? Na, dat weer denn doch seeker de Düwel. He deel woll mit Adam de Knaken von all' de Minschen, de hier üm de Kark begraven leegen, de Goden von de Bösen, – anners kunn't garnich sin.

He je lies torügg, un da füll em de Paster in. De Pasters un olen Preesters hebbt ja ümmer allen Spökkram bespreken un verswinn' laten kunnt.

»Herr Paster, Se möt flink mal mitkamen, so un so is mi geschehn.«

»Mein lieber Mann, was ist Ihm denn in den Kopf gefahren? Er ist ja doch sonst vernünftig und besonnen.«

»Je, dat is awer doch so, kamen Se mal mit, denn künnt Se sik ja von de Wahrheit öwertügen.«

De Paster snackt noch ümmer von »Unsinn!« awer de Köster steiht up sin Stück. Da fangt he an to klagen, dat he man so swack up de Been is von wegen den olen Rheumatismus, un ok heel hiemig up de Bost von de lange Verköhlung.

De Köster wiekt un wankt awer nich un bütt sik toletz an, dat he den Paster up'n Hukenack nehmen un em hindrägen will.

Dat geiht ja los. Langsam un lies peddt de Köster sik mit den Paster up'n Puckel lang den Stieg.

Nu is Johann awer all mit dat Deeln von de Pepernöt farrig un luert ut de Dör, wat de anner, Adam, noch nich bald mit den Hamel ankümmt. Nu hört un süht he wat ankamen un meent ja nich anners, as dat Adam den Hamel bringt. He röppt:

»So, nu kumm man rasch rin, ik hev dat Messer all in de Hand un will em de Kehl rasch dörchsnieden, dat he nich erst Larm makt!«

De Paster hett noch garnich alles hört, da springt he von den Köster sin' Puckel raff un rönnt trotz Rheumatismus un Kortluftigkeit to

Hus an. De Köster hett sogar eenen von sin hölten Tüffeln steeken laten.

Bald nahher kümmt Adam mit den Hamel. Awer se slacht em nich in den Torn aff; achtern Knick, eben buten't Dörp finnt se dat seekerer.

Disse Spaßgeschicht ward in alle Völker siet ole Tieden vertellt, bald so, bald anners. Wer dat nich glöven will, kann ehr nahlesen in »Schimpf und Ernst« von Bruder Johannes Pauli 1522 (Nr. 46), in dat »Sassische Döneken Bok 1829« un ok in Professor Wisser sin Märken (»Giff di«). Ick hev se so upschreben, as ik se vör mennig Jahr int Kaspel Kolnkarken mi hev vertellen laten.

De kole Aben.

Mi dünk, de Mann weer Koppersmid. Darvon keem dat denn ok woll, dat he winterdags sin' Stubenaben recht warm hebben mügg. Dat harr sin Nahwer, de Schohster weer, sik denn utklamüstert, un wiel he en groten Giezhals weer, stell' he sik jeden Abend nah de Arbeit bi den Koppersmid in un nöhm den besten Platz bi den Aben in. Dat worm den Smid denn toletz un he beslöt, den Schohster wegtoekeln. Dat füng' he so an.

An en bitterkolen Dag, as dat Glas up Twintig ünner den Strich stünn', tröck he sik twee Röck un twee Büxen an, börr nicks in un hüng' en olen Trankrüsel in den Aben.

De Schohster hög sik all. He wull sik mal gründlich dörchwarm'n. He meen, de Aben weer in vulle Glot, denn de helle Schien strahl dörch de Ritzen. De Smid snack vergnögt von dit un dat un däh, as wenn he recht up sin Jüstement weer. De Schohster awer kreeg dat so bi lütten mit dat Tähnklappern, un en Goshut nah de anner löp em lank den Puckel. As nu de Smid mal rutgüng', keek de Schohster in den Aben un würr nu gewahr, wat de Smid em för'n Schawernack speelt harr.

Ahn Adjüs to seggen güng' he rut, slög de Dör to un keem nich wedder. De Koppersmid awer lach sik in de Fust un güng' to Bett.

(Ut't Kaspel Kolnkarken.)

Paul Bodderbrod.

In Hilligensteden lev mal en Mann, de heet nich anners as Paul Bodderbrod. He weer ümmer hungerbeetsch un lungerfreetsch un eet för Söben. As de Bischof mal de Karken in de Gegend visenteer, vertelln de Pastorn em ok von Paul sin Freeten un Supen up de Kösten und Högen. Da leet de Bischof em mal to sik beden un stell em vör, dat so'n Freeten un Supen garnich mehr minschlich weer.

Paul säd dar nich veel to, as dat eene Wort: »Ik kann dat dohn un laten.«

Dat letzte Wort gefüll den Bischof un he säd, dat weer god, he keem nah dree Jahr wedder, un denn schull em, den Bischof, dat högen, wenn he dat laten harr.

Richtig, nah dree Jahr stell' he sik wedder in, un een von sin ersten Fragen weer, ob Paul Bodderbrod sin' olen Lebenswannel laten harr.

Da müß de Pastor bedrövt den Kopf schürrn, dat weer noch ümmer dat ole Leed mit em. So leet de Bischof Paul wedder to sik kamen un smeet em vör, dat he sin Wort von wegen dat Laten braken harr.

»Ik hev Em nicks verspraken«, säd Paul, »ik hev dat so meent: wat ik eeten un drinken doh, dat kann ik in min Liev ok laten.«

Dat kunn he ok, denn de Lüd säden: he wög 476 Pund.

(Ut ganz Holsteen.)

De Handul.

Dar weer malins en Buerdochter, de kunn nich god sehn, un keeneen von de jungen Kerls up de Nahhand un de Ümgegend wull ehr to Fru hebben. De Mudder awer wull ehr bannig gern verfriegen un kreeg en Friewarber darup los. De keem denn ok nah eenige Tied mit en netten, liedsamen Minschen an.

Nu harrn Mudder un Dochter en slauen Trick utdacht. De Mudder säd: »Kiek, Deern, hier steek ik en Knöpnadel in de Tapet an de Wand, un wenn de junge Minsch hier denn bi uns in de Döns sitt, un du weetst nicks mehr to snacken, denn fragst du mi, wat de Knöpnadel dar an de Wand to bedüden hett.«

Na, dat dröppt denn ok so in. De Jungkerl sitt dar, un as de Mutter rin kümmt, fragt de Dochter: »Mudder, wat hett dat mit de Knöpnadel dar an de Tapet för'n Bewandtnis?« »Och, Deern«, seggt de Mudder, »de hev ik dar rinsteeken, as ik Gardinen upsteek, un hev er vergeeten; du sühst ok doch rein *alles!*«

Da denkt de Jungkerl: Dat is jawoll doch nich wahr, wat de Lüd seggt; se kann doch woll ebenso god kieken as annere Minschen.

Darmit geiht de Dochter rut; denn se wüllt dat Middageeten, en schönen Aantenbraden to Disch bringen. De Mudder stellt em up'n Disch, un de Dochter kümmt mit de Töllers, weet awer nich, dat de Mutter all binnen west is. As se nu wat up den Disch stahn süht, nimmt se ehr Schört un rakt dat von'n Disch: »O, nu hett Mudder de Handul noch up'n Disch liggen laten!« Darmit rakt se den Braden ganz vertörnt von'n Disch.

De Jungkerl awer is upstahn un hett sik nich wedder sehn laten.

(Elmshorn.)

De Ol wüß dat beter.

As Kiel noch en lütte Stadt weer, güngen mal gegen Abend, as dat all schummerig würr, dree Studenten nah Düsternbrok rut. Da keem ehr en ole Professer in de Möt. He harr en Spaziergang makt un wull wedder to Hus. Se kenn' em von wieden an sien Hosten. Da möken se flink aff, se wullen sik mal en lütten Spaß mit den Olen maken. Se möken sik de Rockkragen hoch, drücken den Hot in't Gesicht, dat se nich to kennen weern un güngen nu in'n Gosmarsch tein Schritt utenanner, rasch an den Olen vörbi.

De eerste säd: »Guten Abend, Vater Abraham.«

»Guten Abend, Vater Isaak!« säd de tweete un de drütte natürlich:

»Guten Abend, Vater Jakob.«

Se meenen Wunner, wat se darmit utfreten harrn.

De Ole awer stünn' still un röp ehr nah: »Dat stimmt nich; ik bün keen Abraham, keen Isaak un ok keen Jakob. Awer ik bün Saul, de sin' Esel verloren harr; nu awer hev ik gliek dree wedderfunnen.«

(Kiel.)

Tom griesen Esel.

In en lütte Stadt weer en oles Weertshus, dat heet »tom griesen Esel«. Dar kehren de Frömden gern an; denn in de Stadt weer sünst nich veel los. Awer op de olen Stöhl un Banken an de dicken Eekendischen, twüschen he hölten Tafelwann' mit blanke Krös' un Kann' seeten se heel gemütlich. De Weert würr von Jahr to Jahr rieker un toletz öwermödig. As mal de Landesfürst bi em inkehr, bäd de Weert em, ob he em de grote Ehr andohn wull, dat he »tom Landesfürsten« up sin Schild schriewen dörp. De Fürst leet sik in Gnaden dorto bewegen. Mit Trummel un Piepen würr dat nie Schild uphangt.

Gegenöwer wahn en anner Kröger, de harr bloß wat to dohn hatt, wenn dat in den »griesen Esel« to vull west weer. De lett sik nu en schönes Schild »tom griesen Esel« malen. Wer nu as Frömdling keem, kehr dar an, un in »tom Landesfürsten« würr nich schenkt un nich schümt, nich sad't un nich brad't. Toletz würr de ole Weert argerlich, reet »tom Landesfürsten« wedder aff un sett up sin Schild »tom wahren griesen Esel«. Awer de Frömden lachen dar öwer un säden, he harr recht, dat weer he sülben.

(Pinn'barg.)

Den Köster sin Brill.

In olen Tieden, as de Karken noch nich all' en Örgel harrn, weer in een lüttes Dörp en Köster, de müß de Gemeen den Gesang erst vörsingen, un denn süngen se dat nah. Üm sik dat nu en beten lichter to maken, nöhm he ümmer de Melodie »Wer nur den lieben Gott läßt walten« un bruk denn blot de Wörder hertobeden.

Eenes Sünndags, as he all dat Gesangbok torecht leggt harr mit de Brill darup, harr he noch ünnen in de Kark wat vergeten un löp flink de Trepp hendal. Da keemen de olen Karkenjungs bi un smeern em de Brill mit Smolt vun ehr Brod in.

As he nu wedder baben weer un wull de erste Reeg vörseggen, kunn he nicks lesen un säd:

»Was ist denn das mit meiner Brille?«

De Gemeen säng' dat truhartig nah.

»Die ist ja ganz mit Talg beschmiert.«

»Die ist ja ganz mit Talg beschmiert.«

»O Leute, das ist nicht mein Wille.«

»O Leute, das ist nicht mein Wille.«

Da würrn se awer doch stutzig un sweegen still. Siet de Tied hett de Köster ümmer bannig up sin Brill paßt.

(Ut Lauenborg.)

Dat Krümp-Enn'.

En Husknecht, de erst vör korte Tied von'n Lann' kamen weer, köff sik en Stück Tüg von twee Eel un bröch dat to en Snieder, de schull em dar en lakensch Jack ut maken, dat he sik in de Stadt ok sehn laten kunn. He töv veer Weeken, un güng' nah veertein Dag' wedder hen; awer de Snieder harr un kreeg de Jack nich farrig. As he nu toletz gritzig würr un sin Recht verlang', säd de Snieder, he harr dat Tüg erst *krümpen* müßt, un dar weer nicks nahbleeven, dat Dok weer ganz un gar inlopen.

In sin' Arger güng' he nu nah den Kopmann un frög den, wieveel dat Tüg bi't Krümpen verlör. Da säd de Kopmann, en Bolten Tüg verlör gewöhnlich twee Eel, mehr nich.

He wedder hin nah den Snieder: »De Kramer hett mi seggt, up en Bolten Tüg is höchstens en Krümp-Enn' von twee Eel to reken, un du wullt mi vertelln, dat . . . .«

»Still, still«, säd de Snieder, »denn is ok ja alles in Ornung; denn hest du woll jüst dat Krümp-Enn' kreegen.«

(Ut veele lütte Städer.)

Verhört.

Vör föftig, sößtig Jahr weer in uns' Dörp man en eenziges Klavier un dat harr de ole Köster Fehrsen. Abends in de Schummertied plegg he sik dar gern rantosetten un allerhand Stückschen hertoklimpern, de em so in't Gedächtnis keemen. Denn plegg sik sin Nahwer, de Jäger Mordhorst, bi em intostelln un totohörn.

Eenmal in'n Harvst klag de Köster em, dat de Motten in dissen Sommer ganz gräsig in dat Klavier hüst harrn. Wenn he mal wedder to Stadt keem, denn wull he sik doch von de Aptheek en Mittel mitbringen un ehr verdriewen un utrotten. Se freeten em nämlich in den Filz, de op he lütten Hamers sitt, grote Löcker.

Nu wull de Jäger em gern en Gefalln dohn. Den annern Abend keem he wedder un säd: »Nu hev ik all en Mittel gegen de Beester, de dat Klavier anfreet, mitbröcht. Wo schall ik dat henleggen?« Damit tröck he en isern Bögelfall ut sin grote Rocktasch, stell' ehr up un leet ehr mal tosnappen: »Wat de to packen kriggt, höllt se wiß!«

»Minsch«, säd Köster Fehrsen, »meenst du, dat du darmit *Motten* fangen deihst?«

De Jäger mök en ganz dösig Gesicht: »Och, Köster, ick hev ja *Rotten* verstahn!«

(Ut Bartheidel.)

Über tredition

Eigenes Buch veröffentlichen

tredition wurde 2006 in Hamburg gegründet und hat seither mehrere tausend Buchtitel veröffentlicht. Autoren veröffentlichen in wenigen leichten Schritten gedruckte Bücher, e-Books und audio-Books. tredition hat das Ziel, die beste und fairste Veröffentlichungsmöglichkeit für Autoren zu bieten.

tredition wurde mit der Erkenntnis gegründet, dass nur etwa jedes 200. bei Verlagen eingereichte Manuskript veröffentlicht wird. Dabei hat jedes Buch seinen Markt, also seine Leser. tredition sorgt dafür, dass für jedes Buch die Leserschaft auch erreicht wird.

Im einzigartigen Literatur-Netzwerk von tredition bieten zahlreiche Literatur-Partner (das sind Lektoren, Übersetzer, Hörbuchsprecher und Illustratoren) ihre Dienstleistung an, um Manuskripte zu verbessern oder die Vielfalt zu erhöhen. Autoren vereinbaren direkt mit den Literatur-Partnern die Konditionen ihrer Zusammenarbeit und partizipieren gemeinsam am Erfolg des Buches.

Das gesamte Verlagsprogramm von tredition ist bei allen stationären Buchhandlungen und Online-Buchhändlern wie z. B. Amazon erhältlich. e-Books stehen bei den führenden Online-Portalen (z. B. iBookstore von Apple oder Kindle von Amazon) zum Verkauf.

Einfach leicht ein Buch veröffentlichen: **www.tredition.de**

Eigene Buchreihe oder eigenen Verlag gründen

Seit 2009 bietet tredition sein Verlagskonzept auch als sogenanntes "White-Label" an. Das bedeutet, dass andere Unternehmen, Institutionen und Personen risikofrei und unkompliziert selbst zum Herausgeber von Büchern und Buchreihen unter eigener Marke werden können. tredition übernimmt dabei das komplette Herstellungs- und Distributionsrisiko.

Zahlreiche Zeitschriften-, Zeitungs- und Buchverlage, Universitäten, Forschungseinrichtungen u.v.m. nutzen diese Dienstleistung von tredition, um unter eigener Marke ohne Risiko Bücher zu verlegen.

Alle Informationen im Internet: **www.tredition.de/fuer-verlage**

tredition wurde mit mehreren Innovationspreisen ausgezeichnet, u. a. mit dem Webfuture Award und dem Innovationspreis der Buch Digitale.

tredition ist Mitglied im Börsenverein des Deutschen Buchhandels.

Dieses Werk elektronisch lesen

Dieses Werk ist Teil der Gutenberg-DE Edition DVD. Diese enthält das komplette Archiv des Projekt Gutenberg-DE. Die DVD ist im Internet erhältlich auf **http://gutenbergshop.abc.de**

FSC
www.fsc.org

MIX

Papier | Fördert
gute Waldnutzung

FSC® C083411

Zeitfracht Medien GmbH
Ferdinand-Jühlke-Straße 7
99095 Erfurt, Deutschland
produktsicherheit@kolibri360.de